友は司書

Wakui Hiromi
tomo wa shisyo

涌井ひろみ歌集

ふらんす堂

友は司書＊目次

I

あをあをと 7
ここでない 9
はろばろと 15
悼・大江健三郎氏 19
四国 21
青と黄の 25
29

II

植物に逢ふ 35
春 37
夏 45
秋 57

冬 62
馬に会ふ 67
身のめぐり&羇旅 72

Ⅲ 109
埒はもうない　二〇二一 111
春の折り目　二〇二二 128
貝殻骨を　二〇二二 134
友は司書　二〇二三 140
砂時計　二〇二三 146

あとがき

題簽　二瓶里美
装画　石原葉子

歌集

友は司書

I

あをあをと

旧軽のはじまる辺り店先にずしりと重い葡萄一房

月を見るただそのために念入りにガラスを磨き心晴れゆく

棟上げは木の香り満ち天辺の三色の絹風の馬なり

屋上に赤き鳥居のあるビルが朝日のあたる銀杏のさきに

雪の朝安藤美保の歌読めば記憶の街を歩く心地す

ステージの織女自在に糸をつぎマチネの布はあをびかりする

国立のしづかなカフェに泉あり手話始まればいづみあふれて

二人して窓辺の花と木々眺む風の街なる銀座の画廊

鉄琴のキャスターはづれ日が暮れて音の階段十度傾く

海のあをたたへる卓布八重山のミンサー織りが夏の館に

練馬区の西日なかなか容赦なく遣る気意気覇気行方不明に

軽井沢発地《ほっち》市庭《いちば》に花あふれ秋明菊ゆれだありあ笑ふ

医療用N95くひこみて頬にせつなき痕いくへにも

あをあをと佐久の風ふきそれぞれの未来見て居る馬が佇む

馬場裏の小さき森は芽吹き時みどり薄桃金茶紅

軽井沢発地《ほっち》の奥にひっそりと馬を貸し出す男たち居り

ここでない

マルメロの青実きりきりはりつめて見え隠れするあの夏の我

ちろちろと記憶の泉ゆらめきてキオクの底にさへづりを聴く

こはばりし心をほどく術ふたつ鳥をみること唄さがすこと

ここでない涼しき界にきみはをり「月の砂漠」を奏でる君は

オリーブの小花ほろほろこぼれ落つ叔母の記憶を集めてゐます

サリサリと鉛筆削る音のして夏の仕事場やうやうめざむ

流星を鼻梁に宿す君は今朝白き記憶に前掻きをする

神様の「ラ」をききながら生きてきた雪どけの中こぶしがそよぐ

家こはす職人達の一服時ふるさとタイの歌流れくる

わたくしが君のからだで歩くとき黒姫の土春を生み出す

ちさき手が東の窓をにじにじとあけてさし出すあさがほの種

はろばろと

サキソフォンクラリネットのソロ続き新人育つ初夏のキャンパス

木漏れ日の愁ひきはむる春の庭叔母の眠りはしづかに昏く

青葉濃き春のをはりに出会ひたりものの芽ほぐれ「母さん」とよぶ

西日うけ疲れのにじむ内裏雛春日とともに小箱にしまふ

はろばろと雲のたましひ受けつぎし小島ゆかりは旅鞄もつ

悼・大江健三郎氏　主題と変奏　二〇二三年三月三日逝去

清冽な泉のほとり耳澄ます大江少年四国の森へ

春過ぎてむらさきいろの夕暮れに大江氏不在のふかき洞在り

ゆふつかた北軽の家雲のせて大江光のピアノ流れる

耳の人大江氏古希の映像にあをじろき指原稿めくる

文章は画板一面磨かれてライトリライト大江文学

本棚の下段支へる『定義集』森にかへりし老小説家

父不在桔梗をゆらす風がふき大江光氏ハーモニカ吹く

忽然と夏のやうなるかたまりが胸おしてくる栗毛の挨拶
※ベーコンという犬の印象をきかれた光さんの言葉

正気かと大江氏の声泉下より平和の俳句そたふば揺らす

四国には時に巨人の出現す野山に牧野氏大江氏森に

※牧野富太郎氏　一九五七年逝去

『親密な手紙』の届く神無月沈黙しない人となれるか

四国

初めての眉山なにやら懐かしく海紅豆咲く徳島の夏

供されしわかめの汁もたつぷりと磯の香りの鳴門のランチ

潮の香がモネの池にも流れきて地霊の宿る「陶板美術館」

土佐の街シマトネリコが花こぼしくろしお薬局朝日の中に

白鷺はお濠の緑根城とし夏をくつろぐよさこいの街

半月が四国の森に浮かぶ夜竹のざわめき吉野川護《も》る

春からの磨かれし声いつしんに北川村の老鶯巡る

五台山植物園の裏門に白百合ひとつひときは白く

枯れてゆく紫陽花妙になまめきてこのまま旅につれてゆきたし

四国にて家苞おもふひさびさの旅のふつふつ地霊に祈る

旅装とくせつなき時間むきだしにおいなりさんを横目でにらむ

青と黄の

二〇二二年二月二十四日ロシア軍ウクライナ侵攻

ヨーロッパ東部の地図をかたはらにドニエプル川水源たどる

岸辺には春の花さき鳥啼くも少女ふるへて地下室に居り

深き夜生きたいだけと声残しリビィウを後に国境こえる

春ちかき街の古木に手をあててキーウに生きるみどりご思ふ

春光を守るものありうぐひすに鶫椋鳥ぬくもり灯す

青と黄の絵画おほくて胸にしむ女窓辺にミルクをそそぐ

奪はれし野にも春の陽ふりそそぎ鳥は囀り民の声なく

風香る美しき午后なつかしの友との争点「叡智はあるか」

苦しくて息を継ぐごと顔上げる君との会話ゴールはどこに

一膳の青と黄の箸あさごとに花に水やる我をみつめる

朝は白午後はピンクの酔芙蓉キーウ離れし彼らの苦汁

こほりつく大聖堂の広場にてキーウ部隊は「カリーナ」歌ふ

待つ日々に何待つのかも模糊として戦ひをはり春がくること

オデッサの平和ひりひり祈りつつ言葉にできぬ天皇会見

西日うけゼレンスキー氏花たむく背中の翼たたまれて居り

Ⅱ

植物に逢ふ

春

去年の秋植ゑし希望が土を割り花芽ふくらむ白ヒヤシンス

二日後の田打ち話に声弾むつなぎ温泉シャトルバス内

黄薔薇咲く母の庭より知らせあり春は奇跡ね時空を超えて

春苺母と二人でつぶす夜ミルクねっとり闇の色へと

「ふりむけば青い言葉の海見える」桂の丸葉兄にささやく

でこぽんが箱一杯に届く日はとほき讃岐の山の風聴く

木戸口に桃の小枝がそと置かれ行商さんの匂ひなつかし

しづけさを両掌にうけとめる白き木蓮満開の午后

乳白の大きモクレン待ち待ちて森の香のベルツ水あく

満開の桜の吐息はてしなく空にごりゆく今日誕生日

柿の芽のほぐれる陽気雑草をしなやかに抜く前屈の母

小松菜の生後八日の芽をつみて白き豆腐と暮春味はふ

国立の駅前いつとき真空に花の吹雪が僕らをつつむ

冬の風チューリップの茎すくませて春の陽ゆらりこはばりほぐす

まめやかな暮らしをのぞみうるひ摘む袴はづせば緑ばふりと

バナーナの香かすかに流れくる唐種招魂《からたねをがたま》たのしき木立

唐種の招魂甘く匂ふ朝両手ひかれて入学式へ

豌豆の種を集める昭和の日庭の草花一息いれる

幸せの音りんりんと母の庭花ニラそよぎつぐみ横切る

宝鐸草都忘れと鈴蘭と庭草束ね隣家に手向く

要工事ほりかへされし新しき土一面に罌粟むらむらと

パチパチとまばたきをして咲き始む白ハナミズキ空だけを見て

五月には羽衣ジャスミンつるのばし軒から窓から街ふくらます

あをあをと続く茶畑列島に種は蒔かれて大井川過ぐ

樹皮はがれ雲紋ながれ晴れやかにうすむらさきのさるすべり咲く

夏

胸前でちさく手をふる若き友メタセコイヤのしづくしたたる

稽古場のハイドランジア気がつけば右往左往の不安の色へ

くづされし隣家の塀のすきまより大き枇杷の木今朝たわわなり

ホームへはジグザグの道目印は揺れるオリーブしなふ夏萩

父上の回復祈るひとりごよ木槿つぼみに希望をつなぐ

つる草はあやしき命もちつづけ凌霄花たぐる力《りき》有り

濡れそぼつお内儀風情の秋海棠淡紅の花せつなくゆれる

立葵消えてしまひしこの夏の少しの無念地図変はりゆく

玉苗が胸に何度も満ちてくる「我も草族」あをめる體

梅雨冷えに桑の実ジャムをそへてみるフレンチトースト少し大人に

老健をストリートビューもて眺めれば夾竹桃の白さが残る

あこがれの夏帽子ポン頭《づ》にのせて白桃さがし大通り行く

夏薊みつめる君の背中には『雪麻呂』入るリュックがゆれる

朝採りのモロッコいんげん茄子胡瓜盆花も有り小布施のセブン

風わたる長谷寺回廊紫陽花は誰を隠すかますます繁る

長谷寺の崖はモザイク紫陽花の藍なびかせて風鐸のゆれ

緑風があぢさゐの毬ぐらぐらとゆらし国立六月しまふ

足元にうすくれなゐのあはきもの炎風ふきて百日紅散る

野薊は霧深き日の山中に二頭の山羊と見張りのごとく

大雨のあとに生まれる鱗雲松葉ぼうたんぽかんと見上ぐ

うつくしきひまはり全て食べ尽くし夏の遺伝子青虫の中

夏の果て命弥増す百日紅濃紫ゆれ炎の花と

朝日さすベランダ埋める日日草彼の孤独はひろがるばかり

夏草をたづさへてゆく日暮れ時耳の奥底さへづり残る

四照花《やまぼふし》輝く白きはなあかり梅雨のあひまのキャンパス照らす

きよらかに記憶の束にすべりこむ青梅のつや倒卵の枇杷

梅雨前の果実しづかに愛されて梅は満ち足り枇杷の豊穣

裏庭にしんと気高き額紫陽花スカーレットのドレスそのまま

水張田が住宅街に点在し枝をひろげし枇杷の実ぴかり

梔子の最後の蕾開いた日空一面が真珠色へと

容赦なくむくげの蕾はらはれて寄宿舎の庭光が届く

墓参り一筋奥へ入り込み青葉の街にもう戻れない

水撒きに音ありしこと思ひ出す水柿に会ひ水萩に触《ふ》る

秋

朝の虹根方の家に佳きしらせりんだうの花次々ひらく

橡の実はがごんがごんと屋根を打ち主のみみづく羽毛そよがす

秋闌けて白萩ゆれる庭できく「故郷の空」は魂迎へなり

ぶだう棚見下ろす丘のふらここは処女だけが漕ぎ豊かにゆれる

落葉掃くこの時期だけのボランティア作務衣の君は大空のひと

落葉松は空より地より香りくる金の小針が秋の理由と

ぐるりでは最後に染まる大銀杏武蔵野病院まるごと光る

晩秋の木立ダリアの不条理の中ではねてる死んだ子供ら

柏葉の末枯れゆく様端正で茎にさしこむ蕨手迷ふ

硝子窓みがき明るくなる視界聖なる庭の柏葉みあぐ

国立に「恵の窓」のあるときく夕焼けの雲公孫樹を抱く

木犀の香りほのかにつけたしと白きブラウス天高く干す

公園の鈴掛けの木のひろがりがどこかとほくへ私をさらふ

秋空がくるくるまはり自転車はレモンイエローいちやうに埋まる

マンションの五階の高さの大公孫樹気づけばある日わうごんの錘《つむ》

――冬

くちなしの種はこぼれて五丁目に同じ顔したアカネ色の実

おごそかにヒマラヤシーダを染めながら冬の太陽ぽつたり落ちる

ガラス器に冬の白ゆりただ在りてとりまく気泡命ひろごる

シモクレン庭からもくもくとんできてジャケットの衿冬の芽仕立て

あたたかき記憶に満ちた島を去り戻る現実水仙ひらく

五時までに帰らなければと空見上ぐ冬の洋梨ぐらり傾く

枇杷の花風強き日の定点にアメリカに住む教へ子を視る

もうずつと静かなくらし半径の狭さは知らず枇杷としたしむ

雨水前夕焼けうるみ梅林ゆらぐ日々にも春巡りくる

光る語に出会ひし時の喜びは冷たき朝の探梅のごと

居室にはピンクの細身ヒュアシント香るわが身を鏡にうつす

馬に会ふ

嬬恋の光集めし馬上盃あふれる想ひ戻す術なし

ぼろ運ぶ手押し車がゆらゆらと真夏の紗幕とほりすぎゆく

馬の名はロゼとふ栗毛覇気のあるひとなつこさは浅間のめぐみ

遠景に浅間の見える馬場レッスン山の香りに馬ももりもり

汗ばみし腹帯ほどく立夏には馬のたてがみ風にひろげる

耳のあひはづみ漂ふ馬の上隣はアロー僕らともだち

秋の朝厩舎とりわけ親密に干し草かをり馬の気も濃し

たうとつに厩舎に響くバロックに芦毛のつぶみなんだなんだと

強風はところかまはず吹きあれて馬の尻尾を真一文字に

りんりんと馬たち駆ける風の中桜おほひし雲ひらかれる

梨の白八重の紅黄たんぽぽ馬場の周りは森の匂ひす

春駒はからだかゆしと丘ころげ都井の岬に老鶯しきり

身のめぐり&羇旅

茶箱には記憶が眠る帯眠るまれに魂みつかることも

そのあたりうつくしきものみちみちて旅の断片ひろひあつめる

これほどの光まぶしい春の日は失くした友にひょいとでくはす

左利きなべて仕草がセクシーに二宮君がオイルを落とす

左手でフライパン振るそれだけではづみつくつく春のさきつぽ

八歳も耳の形で父わかるセピアの写真未来をみつむ

ステージは深くて蒼い海の底ベートーヴェンの伽藍あらはに

ミッドナイトブルーのドレスゆれ動き音のためらひ襞にかくして

夏の家持ちゆく本を思ふ時旅のときめき久々走る

明け方にスイッチ入る炊飯器今日は早立ち玄米香る

接種後にとろとろ過ごす半日は『バスを待って』をとぎれとぎれに

君のため強くなるよの手控へも緑の日々もいつか黄ばみて

生みたての卵をそつとてのひらにあたたかき歌君に届けと

旅帽子青くはづみて夏果てる土地のとまどひ友に残して

江戸の世の棘ある花をらうざとふ苗物屋には未来も見える

すべりひゆ小島ゆかりの歌読めば何故かつぶやく暗号のごと

船乗りの血が流れてる公彦さん拠りてたつのは生国の伊予

日曜の市場のすみに汽水あり五百瓦の蜆わが家へ

日曜の市場の友のまゆみさん烏賊刺し好み町守る人

なめくぢをひよいとつまみて地の虫は線路へ投げる母は変はらず

羽ひろげとんぼ飛ぶ帯ざつくりと伊月先生金秋戦に

ひし形の天窓近く鳥よぎる彫刻部門樟香る

屋外に展示されをる石像のチョークかすれてそれからの日々

さみだるるバッハ管弦天地に死者の気配は今さらに濃く

身も魂も君が形見としたはしくキンデルダイクの風車がまはる

久々に声出してみる秋の暮れ二点ホあたりどうもかすれる

みほとけの彼方に見える祖母の顔冬支度をとせかされる夜

白黒のチェックのスカートひるがへし自転車のひと秋にきりこむ

気がつけば虫くひだらけの我が軀それでもたまに紅葉《もみぢ》すること

四十雀小さきからだほろほろと人の心の裂け目にはひる

いにしへの陶工達のざわめきが有田の朝の空気の中に

美しき琥珀をじつとみつめれば底を横切る寂しさの澱

シュトーレンうつとり眠る店先で老いおしよせる母の夜思ふ

久々に霜柱見る朝の庭薄着の母がしやかしやかと踏む

真夜中に京成電車が廃駅へ今宵祭りかランタン灯る

この世にはとほき兄さん二人居り薪束ねたり調律したり

柊の垣根に沿ひて驢馬のゆくゆれる壺には白樺の酒

店先の緑の胴乱鮮やかで村の少年うつとりみつむ

越年の激しい旅に疲弊する世界市民よ口角あげて

まなうらに長くとどまる巨き船プリンセス号今どのあたり

ひらかれた窓からふらり冬の蜂マイクロバスの暖気に絡む

はからずも細き小枝にとまりしか強き風吹き視界がゆれる

時がきてこの止まり木も消えてゆくだから三月子供は歌ふ

公魚は母の味付け醤油濃く冬の好物レモンがしみる

洒落た服ぬげば必ず左腕輪ゴム二本が準備され居り

湖に光あふれる冬の午後思はぬ打診ちりりと届く

巡礼歌奏でる鐘の音にひかれ羊歯おひしげる石段のぼる

ほそき首パールはにぶく輝きて入園式の若き母達

新学期右手にピンクのピアニカを今日は木曜初音楽だ

新学期新玉葱を食べる日は港の魚の背中が光る

三省堂いったん栞がはさまれて次なる章へ期待ふくらむ

いつまでも暮れぬ水無月旅の空韓国ドラマをとろりと眺む

旅の夜水風船は涼し気にくるりくるりと時の先へと

夏茫々社会の底がぬけてゆく反対賛成見て見ぬふりと

宵月のみづみづとして若きさまもつれをしらぬ天上世界

学園の窓は大きくすがすがと風のむかふは陣馬の山か

鍵穴にささることなく銀色の一本の鍵井戸の底へと

寺町は麻の喪服によく出会ひ日盛りぐらりモノクロームへ

花柄のワンピースよく似合ふ女笑《ひと》顔輝く女王きはまる

どの曲も挽歌となりぬこの夕べバッハヘンデル女王悼みて

大祭に赤飯五つ買つて行く手提げ鞄にバッハの楽譜

地下鉄の構内迷ふ鈴虫は一番線の朝をふるはす

水旨く土壌ゆたかな佐久盆地新酒生み出す森田酒店

旅鞄もたぬ旅人秋くぐり「庭の千草」が流れ始める

窓外の高崎観音予想よりいつも上手《かみて》に白衣をまとふ

離山《はなれやま》秋田犬つれ走り過ぐダニエルさんの朝の一齣

離山出会ひし命秋茜尾の太き栗鼠ゆるやかなへび

万国旗広がる秋の園庭にアキレス腱は細くのびゆく

そはそはと棚の上より群青のジャケツとり出し秋をきてみる

南北の窓あけはなち風とほす部屋のすみまでわうごんの香

濃き淡き緑衣をまとふ娘らは森の精なり古楽器をふく

幼子はこれは何よと耳たぶをああ君まさにそれは事件だ

右の手が左手つかめるこの事態うれしうれしと何度もためす

この拳口の中にもはひるのよ離乳食前アピールさかん

かなしみは言ひがたきものたとへてもあどけなきバス透きとほる風

高校の脇道通ればふきつける合唱の風あつしせつなし

鎌倉も浅間も今はとほのきて無我の旅路は胸底に在り

郵便局思はぬところにあらはれて今日一日はニッチな気分

換金後粒のパールは返されて私は自由とくるくるまはる

持ち主に試煉与へる碧き石ラピスラズリが短夜照らす

ほどかれし坂本花織惜し気なくあをきたてがみリンクにさらす

農場のサイロあかるき赤レンガ記憶をともす光の模型

六月は納付書類が続々と根無し草にもねらひを定め

六月は待つこと多く草臥れる検診結果賞の発表

沈黙は小川洋子のモップ掛け湖面キラキラ磨かれ光る

かつて見し映画のをはり満ちてくる陽水の声私をさらふ

かたはらに楽譜ある幸果てしなく二百年前祈りかはらず

万智ちゃんがアボカドの種じつと視るいつだつて恋時が育てる

がん検診締め切り前にすべりこみやうやく時が動き始める

検診にいまさらながらの衝撃を體は深く空つかむごと

家中の止まつた時計を動かして春はあかるく子宮はかるく

花見れば饒舌になるわがならひ見知らぬ街の女と語る

ベランダに文教地区を俯瞰する新任校はあの森の中

長身のセシリアとほき街眺め四月の水をこくこくとのむ

新調のパンプス足によく馴染み青葉の街に一歩をしるす

むなもとのリボンの結びかはる朝青葉をうつす君の横顔

注がれる慈愛の雨のあたたかく客人とぎれぬ浦和の屋敷

さんぐわつはきみとわたしの生まれ月からだの中の種が蠢く

真夜中に風呂の手桶が音たててあっけらかーんと異界へ落ちる

青空へエスカレーターのぼってくジュンク《じゅんく》堂九階楽譜売り場へ

力瘤さはられて居りのどかなる彼岸の午后の隣は妊婦

食パンのひとかたまりがふかぶかと光たたへてマティスの窓辺

ペンキ屋のハナさん長き棒を持ちいろんな空の色集めてる

抱つこひも梔子色のブラウスにふはりくひこむ命つかまる

ベニシアの歌アンコール大原の秋の風ふきをりふしのころ

大風にとばされてくる森ひとつ永遠の中そんな日もある

土曜日の午後の講義ははなやかに紫陽花色のブラウスはづむ

濃き緑満ちる小浅間山の家今年の夏がきはやかに立つ

妙高と黒姫山が裾野からトパーズのいろ透きとほる朝

とほくみてしづかにきみをあいした日ブレスレットはマラカイトグリーン

Ⅲ

埒はもうない　二〇二二

このところ鞄重くて椅子さがす年金保険退職資料

三月は失せもの多く情けなし名札にリング椅子もなかなか

三月を待ちて待ちての日々重ねたまに私も笊に化けたし

三月の集合写真は眠たくて輪郭ほどけ眉淡くなる

三月は惜しむ間もなくそれぞれがハナレバナレの不可思議な季《とき》

平日にチャイムきく時ささくれる我異邦人枠の外へと

社会から免責されてゆく気分ポーコアポーコ悪気はないが

はしとはし揃へて畳むそれだけで気持ちいくらかしんと鎮まる

進化せし多くのものがある中で黒板クリーナーやかましきまま

黒板とふ大海原を存分につかひ語りて友泣き笑ふ

何が嫌甲高き声何が好き小鳥のやうな教室《へや》のさざめき

忠弥坂眠る記憶を紡ぐ朝宿直三人バケツリレーを

たれこめる暗雲どこか青空があるを信じて発声練習

雨あがり音楽室は光満ち飾られし絵の鐘の音きこゆ

指だけはずつと綺麗で居たかつたスマホの中では許容範囲か

オクターブ違《たが》へて弾きしオーディション本番弱きは十歳《とを》の頃から

これからの無病無疵は稀なりと體で学ぶ分去《わかさ》れの道

身の内に泉はあるか汲む気持ち失せれば涸れるこの世の掟

雨ふくむ桜のつぼみ窓外に試験監督これにて終了

「最後の」とすべて名付けし一ヶ月自分追ひ込み辛夷ながめる

カンバスに時のかけらをとぢこめるあの日の風もこぶしの白も

誰も居ぬ空地の奥の一本の辛夷ましろきヴェールをまとふ

大切な北の兄さんおめでたう「コブシの白が笑って居ます」

むくむくと球体めざす白モクレンぼんぼりとなりあと風まかせ

ゆふやみの白木蓮の下をゆく昭和の短編小脇にかかへ

めづらしく誰一人居ぬ遊歩道月の供して白き花見る

墓守る白き花たち真夜中にふいにほぐれて祈りの時へ

いくたびも祈りと共に捧げられ木香薔薇は聖花となりぬ

白衣きて大掃除するハリハリと染みくすみ取れ空も近づく

日々二キロ研究室の私物へり楽譜両手にバランスをとる

教室で活躍してた文房具出番なくなり無駄にかさばる

代替はり自然の摂理気持ちよく頼みの綱の張り詰めし声

とほき地に我の分身ゐるらしく雲形定規毎日使ふ

季節には記憶のかをり事象には言葉の宿るいとしき此の世

謝辞を読む女生徒の指しなやかにピアノ弾くごと美濃紙《みのがみ》ひろぐ

卒業と入学式の合間には凪の時あり人影消えて

風強き午後に届きしソネットの小さき余白に光庭生《あ》る

荒れ果てし裏庭に咲くひともとのクリスマスローズ頤《おとがひ》かくし

クリスマスローズの花束まとめればてのひら青むときめく時間

ミモザ見る全ての女性やはらかな笑みをうかべて黄色に染まる

子供らに「ミモザの家ね」と導かれ黄の房おほふ洋館につく

我留めるピン半ばとれゆらゆらと離職直後に花を見る影

旅をする音楽この地気に入りて敷石まはりに蒲公英咲かす

万華鏡くりくりまはしいつの日か七つ目の窓あける時くる

ちさき本聖書のやうにくるまれて本棚上段特別席へ

ヨーグルト木の匙ふるりしづめればいつもの朝がたんたんと来る

雲梯をわたりその先ほんたうに行きたき場所は盛岡の春

逃げるごと旅へと向かふ心持ちもりもり歩く馬に誘はれ

新緑の諧調美事にふくれゆき生命《いのち》の動き馬とみとれる

春の折り目　二〇二二

宅配便上部破れてやるせなく春の淡雪不意におちくる

縁側に春の手毬が二つ在りかがりし婆の指先冷えて

剝離中ちさき親指ふくふくの春のひざしに晒して治す

両腕にさげる荷物を重石にしうごめく春の風分けて行く

浅き春朝夕守る警備さんバレンタインの鯛焼きどうぞ

サーマルのカメラの枠に春あふれ光の帯がゆつくり動く

頭上よりねぎらひの声ふりそそぐ春を生きよと初音一途に

教へてよ春の指紋はどこにある君の記憶と響きあふ枝

濃厚な春の気配をひそませる根岸の里の昭和の家並《やなみ》

角まがる緑のバスは「北めぐりん」ミセス木原は春循環す

瀬戸内の海ひきつれて都美館をぬけ出す我を春が迎へる

春ショールまとふ姿は裕子さん今も窓辺で選歌続ける

別名を知る春となり花韮はベツレヘムの星　さはさはと咲く

白きシャツ半年ぶりに袖通し春のぬくみをうなじにのせる

春惜しむ鹿たち群れる島中に鳥居をあらふ潮騒きこゆ

貝殻骨を　二〇二二

春の鈴《れい》お遍路さんもやはらかに新しき風新しき土

膝頭ずぶりとはひる春の庭あをき長靴種にまみれる

春闌けて町を流れるチャイムききニオイスミレの植ゑつけをする

スミレ咲く新たな世界黒々ととほき君にも春騒ぎだす

音符から春あふれだす日曜日オペラいよいよ大団円に

ポロネーズ指の動きの複雑さリズムの中に筋力もどる

ルプー弾くかぐはしき音に包まれし泰山木の結界を出る

今頃は坂の途中に紫の筒花咲くかコンバスうなる

ウシガエルとぼくの沼の仲間よぶ馬上の我も耳そよがせて

バーデンのオルガン弾きは旅の果て富士見町教会光につつむ

奏楽堂マチネーの窓あかるくてバッハ弾く女《ひと》野の花と化す

はしき声キーウに届けと渾身の馬子唄わづか四行なれど

彼の耳に届ける筈の江戸風鈴北の納戸に眠りしままに

雨の街「守ってあげたい」流れきて貝殻骨を寄せてききいる

ほそき声たぐりてゆけば叔母の居り記憶のにじむ叔母そこに居り

友は司書　二〇二三

本郷の光あふれる金魚坂パフスリーブが夕陽に透ける

何枚も読後カードがたまりゆく涼しき文字は空豆のごと

待ち合はせいつもジュンク堂《じゅんく》の一階で布の袋に新刊つめて

新富町渋谷ハチ公池袋アジアの料理我らをつなぐ

はじまりはプラネタリウム西の空碧き世界へ深く降りゆく

ルピシアの茶葉ゆらゆらと広がりてドアポケットに水出し緑茶

花暦にはテツパウ百合の文字をどり鷗外愛すとりどりの園

校倉のとはに立つとは詠みながら鷗外の国なほ普請中

暮れ残る鷗外邸のナツツバキ「あまさず生きる」笑む友の声

天秤の上に置かれし命あり歌は祈りとお百度始む

若き友案ずるあまり無意識に八百グラムの鶏肉を買ふ

金魚鉢セーヌの水と往き来する君の命もあらたに巡る

図書室をスペシャルゾーンへ変へてゆく現場筋力ただものでなし

図書室に辛夷の見える窓のあり生徒をおもふ司書さん護《まも》る

あふむきて薄暮たのしむ友は司書プラネタリウムの語り始まる

砂時計　二〇二三

朝五時は雨降る前の匂ひして夏の名残りのアストリンゼン

窓あけてさへづりもつとききたしとロックのかかる網戸に耳を

パタカラの口腔体操引き込まれ朝食前は皆前を向く

ミズだありあネイルはいつも森の色洗面台にシャネルころがる

よくしなふミズだありあの指とりて焙じ茶香るマグの把手に

面会も十分外の長椅子で愛犬浮かれ朝顔を蹴る

差し入れは硝子にゆれる枇杷ゼリー認知されずにつるりのみどへ

枕辺の手持ちの時計とりどりに時をかかへて時代ゆききす

ぽつちりと止まり木に居るサラさんはどこの森かを知る由もなし

八坪に何持ち込むかつきささる安楽椅子か赤い木の実か

ふとももがイタイ!と叫ぶ九十を過ぎし人欲る濃きミルクティー

救急の若者を見てほとばしる「よく来て下さった。どちらさま」

年老いて時のはざまの自由人ブラックユーモア今冴えわたる

くり 秋とうるわしき書写並ぶ中 何でもOK ゆりさんやるね

新しきシングルリネンに交換し眠りを捕獲ばつさばふりと

低床のベッドに眠るエリザベス瑪瑙の指輪はづすことなく

砂時計さかさにされるそのままに時空をすべる眠りかぼそく

忽然と消えしヘンリー戸棚には「綾鷹」二ダースいつものやうに

浴室にはじけるやうな笑ひ声短パンビーサン介護は無休

梅桜海棠つぎはさるすべり誰も通らぬ花の道在り

窓外の皇帝ダリア妖艶に以前の暮らし巣から眺める

ケアハウス小さきビオラも葉をひろげ歩行器のかげ冬日をあびる

アンダンテ車椅子押す言葉なりからだ重くも心は前に

おでかけの今日冬帽子かむります行き先五分の公園なれど

めづらしくケアのランチにオムライス外は木枯らし明日豚汁か

けあまねさんわたしいつたいどうすればゐばしよはどこよかへりたいのよ

教授との再会実に半世紀変はることなき声と仕草と

記憶にはシャンパンゴールドワンピース今は毎日花柄のシャツ

新聞を切り抜きノート拡げれば細き回路がつながることも

終幕に光庭在る心持ち仮の栖《すみか》もときに眩しく

あとがき

二〇二一年定年退職後嘱託として一年勤務したが、その後もコロナは完全に収束することはなかった。時間ができたらと夢想していた植物関係のボランティアは、タイミング良くマンション内で中庭を世話するクラブがたちあがったので参加。夫の入院時からいつかはと熱望していた病院でのボランティアは当時一斉に休止となり途方にくれたが、幸い近所にできた高齢者施設でお手伝いができることになった。

何もかも初めての経験で戸惑ったが四十五人程の入居者さんは在職中のクラスの生徒数とほぼ同じで親しみやすかった。少しずつ仕事にも慣れ、今年からは制限も緩和され、皆さんが集まって歌う時、懐かしい曲の伴奏をするようにもなった。思いがけない展開である。

施設での時間が一週間のメリハリをつけているが、歌の世界はどうだろう。短歌の対面講座や各地での短歌大会が復活したのは嬉しいことだ。

講師・選者の歌人の皆様お世話になりました。

第三歌集の一部は新聞や短歌雑誌などで選に入ったものを中心にまとめ、二部には日々のめぐりをおき、三部は連作を課した。連作の「砂時計」は第六十六回「短歌研究新人賞」の佳作となり新しい環境で出会った先輩方への思いを少し表現できただろうか。

題字は、歌のまとめの段階から助言をお願いした二瓶先生の心尽くしの作品。表紙は「本沢山のイメージね」という私の希望を見事に叶えてくれた葉子さんの装画。それぞれが色々抱えながら三冊の歌集を共に編むことができて本当に有難く、感謝しています。

ふらんす堂さんは、スタッフの皆様がそれぞれの世界を探訪し、ぐいぐいと進まれている姿が刺激的である。私自身の興味も広がり心地よい驚きを頂いている。本の刊行時だけでなく常に伴走して下さっていると感じ、心強い道標です。ここまでありがとうございました。

二〇二三年十月

涌井ひろみ

2023年　信濃町で、雪丸と

著者略歴

涌井ひろみ（わくい・ひろみ）
1956年　東京に生まれる
武蔵野音楽大学器楽科　ピアノ専攻卒業
2021年　桜蔭学園退職
歌集『碧のしづく』『母の庭』

現住所
〒176-0003　練馬区羽沢2-23-23-310

友は司書　*tomo wa shisho*

著　者　涌井ひろみ　
発行日　二〇二四年一月一三日初版発行
装　幀　和　兎
発行人　山岡喜美子
発行所　ふらんす堂
〒182-0002 東京都調布市仙川町1-15-38-2F
電話　03（3326）9061
FAX　03（3326）6919
URL　http://furansudo.com/
MAIL　info@furansudo.com
印刷所　日本ハイコム㈱
製本所　㈱松岳社
定　価　本体二七〇〇円＋税
ISBN978-4-7814-1610-6　C0092　¥2700E